U0624155

微　甜

于海棠 —— 著

长江出版传媒

长江文艺出版社

图书在版编目（CIP）数据

微甜 / 于海棠著. -- 武汉 ：长江文艺出版社，
2024.10
ISBN 978-7-5702-3593-3

Ⅰ. ①微… Ⅱ. ①于… Ⅲ. ①诗集－中国－当代
Ⅳ. ①I 227

中国国家版本馆 CIP 数据核字（2024）第 104174 号

微甜
WEI TIAN

责任编辑：谈 骁　　　　　　　　责任校对：毛季慧

封面设计：祁泽娟　　　　　　　　责任印制：邱 莉　　王光兴

出版：长江出版传媒 长江文艺出版社

地址：武汉市雄楚大街 268 号　　　　邮编：430070

发行：长江文艺出版社

http://www.cjlap.com

印刷：湖北恒泰印务有限公司

开本：880 毫米×1230 毫米　　　1/32　　　印张：7.75

版次：2024 年 10 月第 1 版　　　　2024 年 10 月第 1 次印刷

行数：4680 行

定价：58.00 元

版权所有，盗版必究（举报电话：027—87679308　　87679310）

（图书出现印装问题，本社负责调换）

于海棠，女，山东滨州人，写诗，画画。

目　录

辑三　时间恰好的馈赠

辑 一

有一些光亮，闪烁在我的头顶

世间微微的甜

朴树在凋落叶子，大叶女贞

把一束束果实

隐藏在浓绿的枝叶间

而此刻

小叶黄杨没有了往日的蓬勃

紫藤，黑松，枫杨

那些瑟瑟的站立，很快就要凝固成

灰雀虚无的背景

一些事物低过了流水

那些高处的果实把甜蜜

交给命运

天上的云朵交换着洁白

万物懂得相互珍惜，这是深秋的

烟雨公园，我们踩着碎石子

铺成的小路蜿蜒向前

昨日冷空气带来的降雨

使我们竖起衣领

秋日寂静，人间无言

我们小心翼翼踩着尘世的虚空

在两棵花楸树下，眺望落日的消散

什么是此刻？

万物又将去往哪里？

疲倦

犹如路旁的小野菊

想到昨日，邻居送的无花果

它的甘甜在唇齿间，让你回味世间的甜蜜

在深秋的傍晚让你懂得

尘世，让我们微微伸出手

人世还有温暖让我们在静静体味。

回　忆

我坐在灯光里
寂静落在周围，就会伸出许多手
寂静会在羽毛的空气中开出白色的花朵
我坐在灯光里
惨白的光线在上升中形成细密雨线

再也没有一种灯光
像今晚的灯光，细腻、柔和
好像我们童年的过去重又回来
好像我们挤在旧时光的
蓝布衫里
母亲低下头看看我：冷吗？
我点点头
母亲裹了裹蓝布衫
母亲又问：还冷吗？

有一些光亮，闪烁在我的头顶

雨停了，黑暗中
我拧亮灯
拧亮生命需要照亮的部分
你的心也回到了光亮的中心
光亮使熟悉的事物更加温良
一棵植物、一本书，在你的周围
闪着微红的颗粒，像祝福
那么静，没有声音
是寂静制造了一些虚无，又将
这些虚无还原成真实
光亮又使它们的美丽得以呈现

光照亮了玻璃上透亮的雨滴
像一些怀念的旧情节，久久不肯退散
清凉的风推着雨后潮湿的气息
虫鸣尽失

而大多时刻，我们被困在自己的雨里
举步维艰。但我知道
有一些光亮，永远闪烁在我的头顶

仿佛依靠，那是我挚爱的母亲

天空已见繁星。

所欣慰的

院子里猫晒太阳
柴火充裕，是父亲
所欣慰的。阳光下
炊烟从旧屋顶升起
一群麻雀呼啦啦
落在枣树上，父亲撒下秕谷
让过冬的鸟禽歇脚
让飞鸟不至于挨饿受冻致死
是父亲最开心的
雪下过三遍，麦子雨水丰沛
父亲默念丰收、土地
像默念生命的长度
而此刻父亲坐在窗边
缓慢，悠长
光线舒展着他眼角纵深的皱纹
时间凝固着
炉火温暖
仿似父亲永恒的爱
是我们所欣慰的。

秋天的一片树叶

风过，一片树叶旋
落在脚下——
像中年后一个人沉静的心

一片赭黄的树叶
沉静，深远
提着清淡的芬芳
仿佛时间

论证的美德，雨水和
鸟鸣雕刻它的颜色、它的一生
就是一场清澈的流淌

一片树叶里洞见
纷杂的人世，而真理的脉络清晰
我从一片树叶里找到了
执拗的我
无所依附的我

一片树叶里住着我
善良的母亲

我手握一枚落叶就

像抱着我年迈的母亲

夜　色

夜色素朴如一个人
善良的心，紫色的
光线升腾起无边渴念
你的面孔松针般闪着微光

时间略作停顿
我的手似乎抓住了什么

窗外细雨中
植物以茂盛的姿势拒绝枯萎

你喜欢光线沁漫下
往昔的涌动

你喜欢一再确认的
才是
值得信赖的

夜色如荒原，你掏出爱和明亮
收纳我
全部的无助和颤抖

致今日

愿你保有这样的姿势
像一小片树叶浮于水
平衡足以抵挡安静之外
惶惶不可终日的嘈杂

窗外鸟鸣稀疏
朦胧的白雾弥漫高处
低处的蔷薇丛，一个词不足以
摁住内心的荒芜
听觉得以安慰

乱风吹纸屑
吹榉树，拥抱的情侣
不知世事，驶过的公共汽车
接住他们新鲜的吻

花束坦然，绿萝长出新的叶子
世事尚可等待
我的安静尚可告慰今日之潦草。

立秋过后

立秋过后
天空没有变得很蓝
雨还在那儿
奏着低音。石榴
晃荡着甜蜜
鸫鸟在最高的密叶间
完成今晨最后的跳跃
我沉默地观望着
夏天再次回到那儿
沿着当初的信仰

老妇人

我见过那个老妇人
在夕阳下
她颤抖的身影像飘忽不定的一片残絮

仿佛一个异物插在夏日美丽街头
又像一个异乡人找不到回家的路
她说着含混不清的话
带着人世的苦难
两只沾满污垢的手在垃圾箱里不停地翻检
一根铁丝
一块碎布头
甚至一张废纸都让她欣喜若狂
好多次
我看到过她
我甚至想象我握过她枯纤如柴的老手
感觉我的眼泪掉下来时的无以支撑
有几次
我把废旧书本放在垃圾桶旁
有一次
我把一件洗干净的棉袄和一条围巾送给她
她嗫嚅着

满脸慈爱和无助

想说什么

又说不出的样子

仿佛一个不知所措的孩子。

六月正在结束

六月正在结束。
——意义过于庞大，而繁密
小南风挂在窗前
雨伸进雨里
我把我放进雨里。意义正在开花
我住在雨的影子里模拟枝叶的美好
我是我的意义本身
我在你的故事里找到我
而美如栾花。

松果菊的夏天

窗外是松果菊的夏天
清淡的芬芳从墨绿的花蕊和
粉红的花瓣溢出，一种不被打扰的幸福
在你的注视里凝集
就像我们的陌生变得熟悉，就像
我们从松果菊硕大的花蕊里尝试蜜
在夏天来临雨线铺展的季节
蝉声从三楼树梢递进百叶窗
熟悉的事物被重新唤醒
你从空椅子里站起来
另一个空着的你，站起来
四年，你坐着，犹如空着的忧郁
你赋予自己一种芬芳的形体
你向外张望，六月的最后一天
忙碌就像松果菊上的果蝇
带着语言的秘密，突然打开幽深的罅隙
那是美妙的语言在松果菊上栖息

世间所有的美好

阴天。向窗口望了两次。
天空如虚构的另一层深意，
洒下未知的迷茫，
如何通向它？
时间隐藏的巨大虚无里，
那空旷的孤独如何穿越？

晚饭后，我把吊兰从南窗
挪到北窗。我想获得视觉上的
另一种美感，
让心重新获得归处
如生命时常在提醒你，不要
拘泥于固有的一切

多年来我保持严谨的
生活态度，此刻北窗的细叶兰
由于移动仿佛获得新生，
从这一侧望过去，颀长叶片
滴下翠色悬念
仿似寂静在平面上交替
又像流水擦洗时间的灰尘

我感受这一刻，多么奇异
仿佛世间所有的美好，都在
一枝细叶兰上印证。

父亲的水桶

我跟着父亲来到水塘边
夏天的水塘在夕光里
腾跃细微的水纹。仿佛
无尽的爱，难言，和善意
我看到遥远的大地呈
波浪形向远处延伸
落日和树，和田野辉映在远方
村庄在我身后升起炊烟
多么美的傍晚

我小小的内心涌动着简单的幸福
我不能述说此刻
我无比踏实的内心
因为父亲的庇护，我并没有被
生活的艰难所迫
我的内心被来自父亲的温暖笼罩着
生命的过往那么清晰

父亲抡起水桶灌满水，蹲下身
挑起水桶，他迈着平稳的步伐
水桶里的水在他肩上有节奏地

晃动，仿佛生活给人的教义

许多年消逝了
水塘早已废弃
但我依稀记得父亲担水的细节
和水桶里微微泛起的波纹
它所传递的爱，在那
艰难的人间，泛着光亮，
安抚整个生命的荒凉

光给予我母亲般细碎的暖意

光从四周升起。湖水凝蓝
梓树擎举如等待。我迎着光
走在这片芳香四溢的丛林深处就会
轻易获取一种信任，和赞美

认识每一朵无畏盛放的花朵
区分苦碟花，和细叶菊
它们都擎举明黄的星星火焰
很久，我站在一丛
苦碟花旁，命运的花盘不停旋转
无尽的芬芳，从低处
弥漫上来，和我低头的凝思

我如此喜欢自然给予的平静，
如此喜欢，这光线给予我母亲般
细碎的暖意
我看到青蓝的湖水已变得深邃
而时间古老的曲线里，每一片叶子
更加从容肯定
而我每一次虔诚的低头
那光亮都如母亲般在暗夜为你照亮

院子里的蜀葵花

昨晚梦中，虚无。不断告别的往事
烟尘般涌现：老家古旧院子里
蜀葵盛开了，粉红、淡紫的思念
充满过去熟悉的情节

教学回来的父亲，小心翼翼从枝上摘下
两朵淡紫的蜀葵花，轻轻插在我的辫梢上
父亲说："蜀葵花是你妈妈最爱的花。"
于是，父亲在整个院子里种满了蜀葵

几十年过去，世事如云烟般飘过
仿佛人间只一刻值得留念
母亲病逝，带走了蜀葵花所有的意义

那天，从父亲院子里折来一截枯枝和
两片枣树叶，
夹在书里聊作纪念，父亲不知道
父亲不知道，昨天电话里他呆滞
迟缓的声音，多么让我难过。

初夏的田野

从三楼向远处俯瞰，初夏的田野
辽阔，荡漾迷人的芬芳
近处，两位老人翻耕一小块荒地

他们低头轻声地交谈着，看上去
那么平常，又不可多得

阳光的金线在我和他们之间架起
一座无声的桥梁，亲密而又真挚
使时间在这一刻有了更深的意义

我突然被触动，愿生命的安详
永远停在这一刻，愿命运的甘甜
永远倾向于这一边

初夏的田野依然在远处荡漾
和我内心深处难以描述的感激
仿佛他们就是我的
父亲，母亲
隔着这一小段距离，正向我
传递生命的珍贵

走在去往菜园的路上

在人民街蔬心果园的拐角处
遇到一位弓背弯腰的老妇人
她缓慢的背影，踯躅的步伐
仿佛承载了生命所有的苦难

在初夏的早晨，清凉的风掀动木栅里
紫蔷薇随心所欲的芬芳
这样美丽的早晨，一位老人
将去往她不远处的菜园

她矮小、温和，她的背影唤醒我
使我内心一颤
她多像我故去的母亲啊

这似乎触摸到我内心
深处的思念，向往，和对
母亲爱的无比渴念

阳光扶着她缓慢的脚步，小心，温热
在去往菜园的路上，我跟在她的后面

就像我跟在母亲的后面

就像我们手挽手，走在去往菜园的路上

倾　斜

夜晚像未开尽的杜鹃花束
香气从低处弥散开来，周围充满橘色
褐色和茶色的虚构

我们是彼此需要的白天，握紧的双手
什么让此刻具有巨大的吸引力
两个爱过很久的人
穿越十一点的疲倦，窗外雨滴倾斜

交错的影子像古老而又虔诚的信仰
我们结束对话
我们顺从内心
我们像合拢的夜色平铺在地平线上

一种深刻

我确信，这些可知的碎片
如我生命中离开的部分
或许它来自暗影里的一道裂隙
来自一个句子和
另一个句子之间：我们的永久性和爱的迷失

深夜，我将是上帝散落的一朵花
它无限接近一种深刻：
我是我的，也是你的。

下午茶

一定要有阳光照过来，

窗外梧桐

结着青色的果子，寂静落在石头上

青草要有简单的绿

花木要有适当的香气

我坐在窗边

有着若有若无的思考

一定有一个人坐在对面的

空气里，让我们

重新相遇和表白

一切都慢下来

杯子里注满阳光和花香

任何深陷都已远离

阳光继续照过来，花叶飘香

玻璃明亮得像没有

在车上

在车上，你见过那个女孩儿
她拿着一束花。花香使车厢有轻微的摇晃

一节摇晃的车厢，她拿着一束花
像我们中的例外

早晨在公交车上
锈色的云朵贴着窗玻璃飞翔

我们这些用沉默交谈的人，像瓶子一样
摇晃在车厢里
他们彼此感觉对方像空气一样存在

在车上，你见过那女孩
拿着一束花
她清澈的眼神让我们感到羞愧。

去阳台看了看雨

去阳台看了看雨，而不是客厅的窗台
这样离雨更近一些
雨像一种极其轻柔的低叹
像理查德·克莱德曼的钢琴演奏
我看到灯光中的雨，和黑暗中的雨
像黑白世界的两个界面
让人产生恍惚的错觉，这是过去的哪个
夜晚？和今天的
雨一样有一些微微的倾斜。它们落在
桐树叶上面，杨树叶上面
没有一滴雨是多余的
我伸出手
它们带着针尖的凉意
提醒我
一生中总有几个瞬间的哀伤
在雨夜中醒来。

傍　晚

晚风吹拢鸟的羽毛

落日在祈祷

万物渐欲缄默而停止合欢

这是神的时刻，生命自足而本真

我躺在软草坡上

我是蔷薇，松针和榛子

在风间跳跃

是镜湖南路广场咕咕叫的鸽群

当黄昏收起仅有的光亮

万物变得虚无而不确定

我又变成细碎的花瓣、叶子和果实

美好的事物在我身上一一闪现

喜悦在持续

让我想起一个久违的人

"你不能爱，又不爱"

我起身与傍晚告别

插入黄昏寂寥的街道

早　晨

鸟鸣早已停止
阳光在玉兰树上清洗尘埃
从我这个角度望过去
美是不知疲倦的往返
它们保持足够的神秘
和丰富的不可复制性
安静让我拥有如此美妙的早晨
真是太奢侈了

秋日慢

窗外迢递热烈的鸟鸣
阳光在秋海棠上排列柔软的棉絮
没有哪一天，像十月的这一天
野鸽子呼啦啦翔集在天空
苦楝树笔直的余香充溢着大地
整束的蔷薇果簇拥在木栅上
仿佛每一次的经过，花香
认真地摇晃。此时
我整理书桌，怠误时光
画半壁江山
吊兰开始放慢呼吸，存在显得轻慢
有一刻，我以为这慢会趋于静止
我在这种静止中，体会清新温良的深爱
就像你在我对面沉溺，辗转
默不作声
仿佛深秋满怀秘密，不能声张。

雨

雨要落下来时
天空有明亮闪现，鸟雀压低翅膀
风吹乱风中的黄栌树
夏天总是这样，你得接受
这时而缓时而急的状态
雨水把墓碑洗刷干净，野花栉鳞其上
消弭和生长渐次而来
我不能跟随你了
亲爱的雨
我的心底涌起悲伤
我该怎样向你描述我站立的一切——
孤独是蔚蓝色的
它正把我慢慢包围

立　夏

风穿过湖水，和秩序的一切
我再次成为你的一部分
湖岸，我是细微的苦楝花
它们单纯，饱满

当我抬头仰望它们
我们平静而又充满期待
光线和浓郁的花香从树间落下来
恍然一天重新开始

当我望向远方，天空多蓝啊
一只白鹭从湖面飞起

它越飞越远，最后融入遥远的
天际，成为蓝的一部分。

小院落满花香

父亲坐在杏树下喝茶
石桌寂静
小院落着花香

土墙根青苔深绿
三只猫蜷缩在他脚下打盹
这是一天中最安宁的时刻
没有人打扰
一切变得缓慢

也不会有多余的烦事敲门
疲倦使父亲微闭着双眼
享受一天中不可多得的时刻
光线虚幻从树叶间漏下

慈祥在他的脸上汇集
往昔一遍遍重温
在我望向他的那一刻
光在他脸上形成永恒的瞬间……

人间温暖落在低处

当红蓼花开出六个花瓣
任何爱和幸福，都将一一到来
我将写到太阳
白鹳洁白的羽毛，天空洗净的蓝
我的祖母坐在墓碑旁
人间的温暖落在她脚下
她叫着我的名字
稀薄的光线被推开又被幸福填满

雨中即景

在门卫低矮的廊檐上
四只小燕子长着幼稚嫩黄的小嘴
叽叽喳喳地叫着，它们那么小又
那么轻易相信，面对嘈杂的脚步
充满了对人世的信赖

我是被雨水赶到廊檐下的
目睹了这人世间最融洽的一幕

大雨打乱了雨中黄色的凌霄花
短促的雨水如一生的惆怅

一道黑影穿过雨线
一双阴蔽的翅膀在巢穴降落
小燕子张开稚嫩的嘴巴更加欢快地叫着

它让我们看到，每双翅膀下都有
温暖的巢穴和等待
每个等待都有温暖的结局发生

阳光落在兰花上

阳光落在兰花上
这使它变得明亮
落在我的胸前，使我变得很轻
落在尘埃上，欢腾雀跃而不知所措
这时，我的思想是扇动的也是静止的
是一束紫色的花束握着风
也是白色流动的风淌着蜜
是双手握紧，时间一定肯定了什么
光使我们什么都能得到
而什么又都是虚妄
你存在于一个空的瓦罐中
瓦罐充满旋转的虚无
你只存在于你自己，你使你的思想
充满虚无又极尽透明，
世界在你体内摇晃而充满不确定。

寂美的欢腾

长尾雀在林间飞行，弧线
成就视觉的美感，生命充满寂美的欢腾

林间空旷，阳光落下来很轻
仿佛很轻很轻的爱，摩挲
断枝，毛草，和湖水
仿佛很轻的停顿和照顾
在林间
摇晃着松针的金线

我的脚步短促而迟缓，在所有的美都
能用来描述之前。

今天是一种得到的完美，明天也是

寒兰开花了，淡淡的白夹杂着一点绿
想到存在是流动而并非停止
在上午或别的一天
我经常站在窗前，眺望远方
天空笔直而立，线形云朵向远处
延展一种虚无，仿佛一种飞离又似停驻
如同某种神秘而孤寂的美摩挲
你的皮肤，像爱人的手
仿佛上午的获得充满虚构
我身体前倾，形成弯曲优美的弧
我想获得更多关于冬天的存在感
让眼睛充分而愉悦
远处白杨树上高高的鸟巢，在冬日
它丰富的寂静和孤独感让你感觉：
"今天是一种得到的完美，明天也是。"

镜湖的下午

习惯经常把我带到这里

山坡倾斜

草丛软绵

紫榛子泛着绿涟漪，让你忍不住伸出双手

抱住什么

这时，你什么也不用想

麻雀飞麻雀的

喜鹊落喜鹊的

什么都不能妨碍你

镜湖的下午只属于你一个人

斜阳从银行大厦的顶端斜射过来，

落在寂静的湖面，和梧桐的落叶上

你能看到它们

在落叶和树梢间簌簌纺纱

像纷纷倦落的花粉

好时光不可多得

就这样，你一个人坐在栾树下的长椅上

仿佛世界不存在，又仿佛你

独自存在于另外一个世界

没有秩序

离他很近

路

窗外那条东西延伸的公路仿佛我
沉默心底无声的挂念
这条通往老家的路，此刻，那时
我有多少次眺望又有
多少次走在上面
父亲，你在道路的尽头举起
沉甸甸的斧头，咔咔砍着木头
烧起通红的火炉
把阳光引进来
等着我们回家
父亲
你把母亲的镜框擦得崭新发亮
一如母亲活着，端坐如往昔
父亲，你知道
母亲永逝，但思念无止息
此刻，写到你，我的母亲
眼泪又沁润了眼眶，想到你
我总是不能控制自己
哭得像个几岁的孩子
仿佛窗外长长的忧伤的道路
它永远不会消失。

深处的事物是慈悲的

再也没有什么
比这更具真实性，像落雪
覆盖旷野
别致的，具隐藏性
树叶拉长的影子，蔷薇丛
立在那里
——深处的事物
是慈悲的
就像蝴蝶遇到蓝
我，遇到你

说　服

没有什么能说服这一切
是粒子的，也是两性的
是相吸的，也是排斥的，这是爱本身
基于爱
当我坐下来，仰望天空深不可测的蓝
没有什么能缩短这个距离
而当我企图关闭窗子
许多悬浮的影子飘落下来

雨水辞

你留意窗外热烈的鸟鸣，沉甸甸的
枝条抓住空气的虚无
那摇摆的花枝，光影，让你了然的
思想无法落定。雨水日
小院里的草莓该发芽了
防雨棚下滴滴答答的雨水
今年将落向哪里？
故乡雨雾般甜蜜的
早晨又在哪里？
山核桃和苹果树，广玉兰白色旋转的
花瓣停顿消弭，它又将去往哪里？
母亲，我们还能回去吗？
你站在灶前喊我们吃饭，上学
你轻快的脚步会回来吗？
乡下草木萌发，家燕归来
母亲
你紧握我的双手又在哪里？

母　亲

母亲往灯前靠了靠，拿针线的手
也向灯前靠了靠。灯光
昏暗，暗淡的灯光只照亮了黑暗的一部分
暗淡的灯光足以驱逐母亲眼前的黑暗
我的母亲
在灯光下，缝着我们幼年的衣服
她穿好线，用牙咬断，然后
把绳子打一个结，把领子和肩口对齐
那动作娴熟，美丽。她那么
认真仔细地缝着。母亲，时光恍然
幼年已经消逝，母亲也已消逝
窗外是漫天的星辰
我那挚爱的母亲
我那孤独、疲劳的母亲啊
给我们留下了永久的光亮

傍晚湖岸

傍晚的湖岸
静谧且充满肯定

旋覆花，小侧柏，夕阳下的美自有秩序

我们感受
像散落的沙子一样投进湖底或野花丛
用以寻找一颗自由的心

白鹭线形寂寞地滑翔
我通常失去了自我，在它们中间

爱和遗忘一样巨大

光洒在条格纸上，仿佛所有没有写出的
都有了明亮的去处
就像所有的等待都有了结局
阳光明媚，不可多得
尘世干净又明亮
我喜欢尘世分给我的这一小块儿阳光
又多又具体
在阳光照不到的地方
爱和遗忘一样巨大。

孤独的颜色

窗外越来越暗了，我这样
静静看着，和上次我们看到的一样

我有深蓝不可描述，仿佛带着很深的
需求，仿佛它向下压下来，
你身体的裂隙突然开裂，并发生轻轻摇晃

我知道，那些消失的不会站在这里
它构成了一种孤独的颜色

我在重复同一个下午

我经常重复同一个下午
珍贵寂静带来的疲倦感，和空气的腥甜
搅动的微小震荡

躺在一株麦蓝菜里
体验一种无所欲求的心，尝试
像白嘴鸟一样飞
我们都有相同的属性
我的白色，
粉色，黄色花盏仰望的下午

窗外光线带来的稀松感，使你进入一种
薄薄的轻，我们都在等待某种
碎片重叠时的喜悦
而最终它会把你引向某种深深的孤独
而无法自已

在镜湖的长椅上静坐

落日正穿透树叶慢慢沉降，是的
当它完全落下去的时候，一种寂寥
慢慢向四周浸染
我坐在镜湖的长椅上，没有思想
面前是继续蔓延的黄昏
我感到片刻的惆怅，而找不到关键点
凝望那些暗下去的绿和渐渐消隐的红
一种巨大的虚无抵住我，而我不能发声
我将成为暗下去的一部分
随它们消失或者隐去
如果此时我赞美它们
那么赞美是一种略微的哀伤
如果此时我略微哀伤
它们的美就消解我的哀伤
那些刺柏，旋覆花，和野蔷薇
它们隐没的侧影浮动着微光
如果此时缄默是一种完美的表达
那么那些逝去呢？
覆盖蔷薇丛的风慢慢覆盖我
花香迷乱，恍若虚构。

早 晨

这是你的样子吗?

带着蓬勃和新生的饥渴

它们每日更盛

紫色的新叶向上浮动，光和影

重叠交织

构成一种细微的哀伤

哦，多么美妙的早晨

我站在窗口向外张望，有无数的光影

投射过来，而我没有什么要求

杨树叶片上住着昨晚的雨水

天空有宁静的蓝

我在感知它们，我的安静是

一种静物般的迷茫

六月

新鲜的麦子已然归仓

布谷的鸣叫带来了年轻的雨水

有些事物正在消失

有些事物永久地消失了。

西木栅的蔷薇

蔷薇开在木栅上，使四周有了明亮的寂静
风吹过蔷薇，
花香迷乱，恍若虚构
明天有细小的欲望，明天窗台又明亮了一些。

我一个人如草芥

天空高远，云朵浩荡
没有一只鸟能飞得那么高，在早晨

辽阔的天空高于人间，没有一丝悲苦来自那里
没有一种远能到达

我一个人如草芥
我一个人
占据着整个天空和云朵

人间辽阔，而不动声色

我不拒绝高度，距离
和慈悲的吸引力

我不拒绝
手中的书，阳台上清幽的
杜鹃花香，就像你来到我身边

人间辽阔，而不动声色

怀揣秘密的人，钢针总是对准自己
这一次如此繁盛，又不堪一击
但她不会哭。

夏　至

今天我什么也不做
阴天，就只等雨
如果有访客来
就泡茶，做五道小菜
来招待他
如果窗前有鸟飞过
我就感受某种深刻的消失

在人民路

她佝偻着身子，仿佛破碎的纸屑
她嗫嚅着嘴唇，仿佛嘟囔就能得到救赎

她站在道路的护栏旁，双眼充满恐惧
她下意识地勒紧背上的废纸箱

呼啸的汽车没有留下什么
骑单车的年轻人打着呼哨一哄而过

在人民路
我立在大树旁抱着头，把目睹的悲伤哭了一次
把盛世的繁华摁了下去

小　记

菊花清热解毒

泡菊花茶

佐以枸杞、冰糖

以解虚妄上火之症

这个下午

赤橙黄绿青蓝紫的线条在晃

窗外锈色天空如覆盖

闭上眼

想一个人。

冬 天

冬天在窗外
如玄鸟永归
我享受这般安宁
沉默如一枝栀子花

妈妈，我爱你

妈妈
只有一条路通往你

妈妈
你在虚空里
接受
空气和粮食

在溪流里为我们清洗人世的悲伤和苦难
妈妈，我爱你

半生如流水
妈妈
我也将死去，靠着你
成为草木，爱着世间

十　月

秋阳抚慰万物，田野里
飞起的麻雀确认回家的方向
在十月
柿子把甜的汁液给了唇齿
苹果把香味儿递给远方
万物守着寂静的流水
万物都有了各自的去处
在十月，我愿意做一个寂静无用之人
接受平静命运的安排
我们如此平静地接受离开
接受孤独，接受蔷薇下疼痛的隐喻
接受喜悦而不动声色
我们想说，却欲言又止
昨天，我在一棵栾树下站了很久
栾树炸裂的菱形种子如蝴蝶
它的飞舞像大地最后的逃离
昨天我在给你的信里写道：
亲爱的朋友
尽管万物如你等待相认
尽管
疲倦如虚无的影子
浸透清醒的每一个时间

叶片的芬芳

欢欣的鸟鸣
如行走的音乐打在
槐树叶片上，起伏延伸至无限
在早晨，叶片的芬芳
晨露的微凉
一大片秋菊晃动它金色的花盘

是什么促使单调的花朵微开的愿望
有了合拢的姿势？

我的站立
树的站立
四十分钟、五十分钟或更长久的描摹

鸟鸣以更热烈的
方式在空气中传递雨后初晴的欢乐
温暖的阳光以
更温暖的方式抚吻万物，深秋了

我在等待万物重塑一个春天
在十月用爱的瞬间，而不是别的

完美的叙述

我喜欢的夜晚总在甜蜜里
不停地重复，是什么
把它固定在某一时刻？微微地醒着
在过去

某个美妙的时刻
朴树的叶子晃动夏季的阴凉
松针俯下身子亲吻晨露
我把你一遍遍凝视

是什么让你愿做朴树下一只
无助的灰鸟
跳动

在光线和浓荫的枝叶间
我看到那向上移动，覆盖
一个完美的叙述
不需要措辞

坦然吧，如今
我们不再赞美
但我们依然甜蜜

早　晨

窗外飘着雾
视觉的微醺停顿在
鸟鸣
和蔷薇朦胧的上升中

天光渐渐微明，世界的站立
犹如巨大的野兽
我等待第一束光破窗而入

我等待杂乱的鸟鸣如簌簌的细雨
时间的嘀嗒沁入昨晚的泥沼
你辨认世界，世界在摇晃

你怀抱玫瑰，玫瑰迎接死亡

你搬动热情，虚妄酝酿一场大雪

你打开窗户，你渴望的
明亮在你转身的刹那
推开浓雾把世界打开

感　知

当我写诗

感知感知在体内的沸腾，而多数时候他不在这里

在早晨，我向窗而立

这感知的深度，让我哭泣

画　布

我需要一块画布，画寂静的山谷
田野，和相爱的瞬间
画一个人
属于我

画频繁提及的爱情
永不褪色
站在我身后
抱紧我。

仿若爱情

风向上吹，花香向下
如果盛开，就肆无忌惮
这紫色荡漾的迷离之美
犹如恒久之爱在暮色中降临

在短暂的注视里，没有一朵花
不在注视里开向永恒
我用沉默抵抗孤寂，没有什么不在沉默里
属于我

摇摇欲坠不是死而是为了颠覆
刀插两肋不是痛是挚爱不渝

美并不妨碍你的注视
仿佛爱又回来了
一切悬而未决
一切爱而又返。

林　间

林间越来越静

越来越静

小蚂蚁在打盹，乌鸦去了远方

我坐在一棵苦楝树下，

时间像花束不停地飘落

我在时间立体的排列里

用沉默抗拒消逝

用疼痛感觉存在

而喜鹊欢鸣，不知世事

傍晚篇

槭树在灰布

的幕景中静止而

描摹一种虚无，灰喜鹊在

水杉上鸣叫

像对人世的提醒

佩索阿说：

我们活过的刹那，前后皆是暗夜

未来是什么？我用白色羽毛笔记录而迷恋

四月末雨后的芬芳

一阵细雨接着一阵细雨

一阵芬芳推送一阵芬芳

万物喑哑如迷途

乱花迷人，不停地降落

我一阵接一阵的心跳，源于

还能想起——

这人世的美德和永恒的秩序

雨后篇

空中舞蹈的蝴蝶

沉静而美丽，斑斓的翅膀

扇动着空气的虚无

让人着迷

我经常被绝望控制

又被生活唤醒

土豆花开在低伏的田垄上

无尽的日子还有无尽的低头

那些没有完成的等待你去描摹

失眠　多梦　坐在苦楝下的长椅上幻想

经常被一种明媚的忧伤包围

身体里的轮子不停转动

千万道裂隙不能被治愈

昨天

我们握过的双手还在微微颤抖

浓密的情谊让一万只

蝴蝶翩翩飞舞。

星期天的葡萄花开了

晨雾涌动繁花寂静的早晨

像往常一样的窗口

升起鸟的鸣叫

四月，茂盛的蔷薇和晚樱

把阴影投掷在墙上，我站在无尽的光影里

一些渴望慢慢成真

哦，幸福的仿写者

影子和花瓣各自辨认自我而完成交换

光和影在此停顿而缠绕

时间卧伏在花瓣上等待苏醒

在早晨惧怕声音的人是敏感的

惧怕突然的动制造惶恐的心

在更大的动里抱紧自己

在早晨，灰云

楼群和渺茫的田野

我的眼睛不能装下全部

但心可以

我看到万物的虚幻省略日常颤动不已的真

移动的枝条像爱情

星期天的葡萄花开了

星期一的好日子还没有到来。

寂静在穿行

寂静于黄昏，专注聆听或
穿行于一种思索
意义的窗台就会延伸出许多花朵
在困倦的森林里疲于奔命地跑或跳跃
就会找到认同感，找到年轻的雨水在
孤独的行走中走向另一种孤独
而孤独犹如快乐
那个人手握你的方向，让你
渴望，哭泣。让一些交谈像
花粉一样甜蜜而飘散
在短暂的注视中
有些表达是不够的，关于依附
更让人趋向
月光像恋人穿行在早樱和海棠花蕾间
闭上眼
我微微的眩晕
使我纠结于错觉，仿佛置身一种
虚构的重现和你的意义之中

白 鹳

天空宁静，阳光浮于树叶生成
明亮的丝绸
一只白鹳
和无数只白鹳在天空飞行

它们把巢穴建在高高的树枝上

愿神保佑，你的巢穴安全
愿神保佑
野花遍布于你的沼泽。

雪

雪不停地落下来
巨大的白
仿佛一次无边无际的抚慰

这是最美的一场雪
它们热烈地拥抱，分开
撞在玻璃上，树枝上
那么专注，又情愿

从九点到十点，我坐在窗前
抱着雪，不停地摇摆，坠落，消失

没有一片雪是空的
多情人走在路上
像又潮湿又冰冷的吻

凝　望

长期伫立于窗前，像凝望
一株晚樱，一棵海棠，凝望无边寂静的土地
你会看到潮湿的烟岚
氤氲其上，仿佛一种渐离的相聚

一种音乐穿行于林梢
清晨的寂静
孤独地站立
我用手指轻轻划过玻璃像一个个音符的尾音

我们如此专一于内心的肯定，芬芳
仿佛我们一生，爱与被爱
仿佛我们依附思想的
愿意，就得到
就没有哭泣，和悬念
仿佛，那些我们想要的即将到来

清晨像美的重构
微风轻摇晚樱，和海棠
搅动
光线和空气的战栗。

在清坡沟南岸等一个人

天暗下来，很多悬而未决的
仿佛在下一刻就会实现

花形的小侧柏
平展在河岸，给人以想象
如同夏季，弥漫的清香
引来更多的鸟鸣，和振翅的黄蝴蝶

停滞的建筑群，高空塔吊如长蛇
此刻，如过去不能开始的停顿

我在清坡沟南岸
等一个人，人群已走尽。我倾斜着身体
只有伸过来的夜色，紧挨着地平线

而世界多像一朵未开尽的花

像是在爱

通常在这个时候，我坐在窗前
坐在立体的寂静里
最后的鸟鸣隐于蔷薇丛
黄昏撞开腥甜的空气，在玻璃上
制造模糊的看见，制造一些我愿意
这时你闭上眼，眼睛里全是
恍惚的花的影子，恍若爱情
并伴有小幅度的摇晃。这时你会心生美好
想握住什么

黄昏越来越浓的，覆盖短暂的
万物和稀薄的想象力
这时，我会站起来，而远处伫立的
天空，和烟雾的蓝，
使你陷入更深的凝望

你轻轻合上窗户。春天的裂隙越来越深而
花香四溢流淌，我们将重新被爱，那即将发生
的昨日那微微绽放的紫色小雏菊。

风　景

我在写"湖边"
当我写下"湖边"
窗外，大雪未至
我继续写
"当我们看过风景，湖水轻轻荡漾"——
而远方
大雪如席

好日子会到来

一块白石头蹲在草丛里
低伏而静寂
形成立体美学的一部分，从而
被描述

我抚摸它光滑、弯曲的纹理
像冰凉褪去的日历
像我身体里失去的部分重新回来

麻雀落向它
落叶覆盖它
手挽手的情侣对着它拥抱接吻，交换秘密
而抵达甜蜜

而情深是止不住的哭泣
我们继续走
好日子就会到来。

大　寒

这一天，阳光明亮
窗口的蓝，无以为继

有没有一场雪
能覆盖脚下的路，有没有一种
抵达是一个人的心
情人将继续相拥
逝去的将化成每一次
回忆的悲伤

拉煤车
叮当作响
三只鸽子盘旋，俯冲。在蓝天之上
我愿成为它们，完成爱

日子像弯曲的载体，深情的人将继续深情
无用在为无用唱最后的挽歌。

4 点 50 的黑暗

光隐于黑暗，生活隐于顺从

4 点 50 的黑暗

一节节倒退的火车轰鸣而至

我抱着你

就像抱着一块儿铅，沉浮的，黑暗晃荡而来

我们是孤独、疼痛和日子的

黏合剂

我们互相多出，又不可或缺

无限的爱情在高处

我们掏出战栗、水，掏出一个个惶惶不可终日

爱过的人

用挚爱的双手

剥鸡蛋

切包菜

在早晨煮一锅香甜的玉米粥

故乡清甜的气息

多么遥远的一瞬——
父亲从齐腰深的玉米地里
缓慢直起腰来，光线拉长他
疲惫的身影——
多么难忘的一瞬啊，我仿佛看到
时间的善意让这一刻站成永恒

那灰白相间的头发像
挨过轻霜的榆木
略带疲倦的眼神依然清澈明亮
田野清甜的芬芳从四面涌来
那是多年前的一个场景
湿热的夏季，怀念的风吹过
父亲清理田间的杂草
施过肥的玉米泛着感恩的深绿
金黄的太阳移动着灿烂的光芒
我缩小成一个孩子
被来自父亲的质朴包围

多年后，星光流转
大地清甜的气息依然回荡在耳边

过去和现在悲苦交叠的声音

穿梭在生命的轻轨上

但仍有转瞬的一幕

仿佛生命枝条上遗落的烙痕

那清澈的眼神鞭笞我，让我时时清醒

那故乡清甜的气息，

在生命深处依然不停落下。

一把锄头载着父亲的一生

当我迈进门槛，父亲正从布满
灰尘的库房走出来。我突然被定在
原处，一种来自父亲的苍老而又
沉静的光芒，击中我
我知道，那是衰老带给
我的无比强烈的悲伤和荣耀
在我低头眼泪涌出的刹那
父亲手里拿着一把生锈的锄头
锄头已锈迹斑斑
深褐色的铁锈散发久远的气息
光滑的木头把柄，
被握过多少次，才会那样？
清晰的纹理，仿佛父亲耿直的性格。
面对一把锄头
他还是爱不释手
他不停地抚摸着，端详着，
一把锄头载着父亲的一生
那轻轻握过的痕迹，仿佛生命不屈的回响
那清苦而又欢乐的时光
在一把锄头上轻轻撞击着
一下一下，敲打着生命

辑 二

朴素的安慰

阳台上的花草

阳台上的花草排列紧密
仿佛寂静夜晚的星星伸向未知
兰草，小叶玫，花蔓草……
那么多花草
给予你植物迷人的芬芳
我经常呆呆地凝望它们，凋败和
茂密仿佛一个人的一生
我看到时间的流逝带来生命空荡荡的回音
一条河流不知道将去往何处
一个人的悲伤总是在失去以后
它们紧密排列，叶子触碰相互抚慰
在生命短暂偶然的相握里
获得生命活着的意义。

小叶玫

为了在静止中
蓄积更多的养分
我剪掉五朵
凋零的玫瑰花朵
为了假设它的美与爱情有关
我把信仰给了它
哀而不伤的玫瑰
被反复赞美，和厌倦
在夜色里，我把我分给它
悲伤和些微的疼痛来自那里
这还没看够就落了一地的花瓣
当我从旧街花市把它抱回家
像抱着我哀而不伤的身体
一个人需要多少次
被爱，和描述，才能获得圆满？
我认定它的丰饶会陪着我
而叙述的措辞总是需要
一再修改或修饰
没有人会悼亡
这个季节的凋零
会和什么有关？

朴素的安慰

那一天，细雨吻过微尘
湿漉漉的朴树传来鸟的鸣叫
空气里浓稠的草木气息向上飘散
仿佛一种深深的眷顾从双肩弥漫
那是怎样的欢喜啊
在烟雨园
我走在落满叶子的小径上
小浆果带着呼吸的甜腻
树枝摇晃虚幻的疲惫
是否一条湿软的小径会让你走向无涯
是否每一声鸟鸣都带动
一片叶子轻轻战栗
是否我爱的朴树，在我迟疑的停顿里
会把树枝伸向远方
在微凉的深秋里
一棵朴树沉默地站在斜坡上
它那么固执，一刻
也不曾离开
在暮色起伏的黄昏中，让你获得
尘世间朴素的安慰

等　雨

后来，雨没有落在花枝上
饥渴的植物没有得到缓解
锈色的云压着手指
植物的忧郁也没有得到缓解

我站在窗口，空对着天空
仿佛人间宁静只此一瞬

我站在窗口
怀念雨，在接受一些消失

在很多个往日，就像今天一样
流淌着一种特殊的潮润气息
仿佛 1998 年橘黄的夜晚
我们交出生命珍贵的部分
在细雨芬芳的气息里
接受命运未知的安排

在尘世

人生漫如尘埃。冬日天空
依旧悬幻的蓝。鸫鸟在蔷薇丛欢快地鸣叫
那是昨日，在镜湖，寂如明媚
而今天，杯中菊花
如幻境
在尘世之上，通往其苦

又写到雨

昨夜的雨，还没有
散尽，就像一些拒绝
不够彻底。灰蓝的天空
蓄满绝望
透过寂静的窗纱
时间仿佛在昨夜中没有醒来
仿佛还有一场
不能控制的倾诉

我有凛冽的孤寂，无辜
一整天阴着，像坏掉的番茄
鸟鸣失去了昨日的热烈
一些树开始忧郁地歌唱
你踩着雨水，像踩着未竟之谜

一些雨滴溅起来
打湿了裤脚，我知道
那是多么留恋的触碰
而天空蓄积的那部分
暗含丰沛的空旷
是你永远无法深入的

七　月

槐花开出碎米的光阴，在镜湖西路，从南向北

扑簌簌的落花
铺满了石板路，它们重叠堆积
孤悬又自傲——
盛开是稍纵即逝的圆满，而死亡和
终结是不可避免的结局

每一次踩踏都有一个回声
每一次赴死都有一场灿烂的盛开

那震荡的香气，仿佛两个人
灵魂深处的对话

早上我去看落花
那铺了一地的白令人震惊和心疼
唯有爱情才匹配……

槐香旋转的下午

让我停下来的，是飞旋赴死的坠落
带着微凉的心惊和不可企及的美

浓郁的荫蔽下
一束束向上探寻的白光寻求生命的自由
荧绿纯白的花苞
仿佛神迹般的存在
让手和笔在思考的深处抵达从未有过的神秘

那是生命的另一种倾诉
使所有夜晚的思考变得毫无意义
花瓣起伏的波涛仿佛低音的回旋
你停下来
它在窃窃私语，你走过去
它像簇拥的火焰

状　态

——躺着思考着
空无着
望着窗外，爱情如楸子
在雨丝里铺展
不是还没有来
而是已远去
那落叶旋转仿似
忽然的悲伤。

小 记

五楼呆坐，听蝉鸣

夏天乱

词语未达之秘境

深处还有细微的呼吸和悲恸

野菊未开

花蔓草茂密

身上伤口一个接一个

明的，暗的

深的，浅的

夏天雨水汤汤

蚁穴溃败，果子腐烂

灰雀在低旋

仿佛

无效的爱

在远离……

雨中的木槿花

我喜欢雨中的木槿花
在傍晚
那雨落在木槿花上

每一朵木槿花都能接住一滴雨
每一滴雨都悬而未决
我走在雨中，每一朵木槿花都向我侧目
一个人走在雨中
仿佛生命的一瞬，被命运关注
一个人走在雨中
像白色的木槿花一样孤独

它是否是另一个我，在雨中
仿佛，独自，在回家

窗 外

你看到的那丛迎春
在午后的空气里摇晃着虚无
仿佛爱情般，微红，膨胀
它有多少秘密不被我所知，
又有多少沉默供我们面对？
在三月，一小块儿幸福
被抱紧。一小块儿锈色的幸福
被你的视觉所拥有
这秩序的美，仿若
人间有无数甜蜜和美德
在花瓣纷纷张开时。

突然的停顿犹如想你

重又来到这里

林下多了断枝、落叶

和腐烂的果子

无数断枝和落叶宣誓时光的

恍然里永恒的逝去

果子的甘甜引来忙碌的蚂蚁和蜜蜂

我突然的停顿犹如想你

断枝有断枝的悲伤

和我的悲伤不同

被时间抛弃的，必定被爱眷顾

在每一个词语上

建立的虚无

是无限悲伤的源头

永恒于一瞬

当我摒弃了永恒之于内心的根深蒂固一种清波无痕的坦然
　　跃然于心
槭散发槭的幽香，有时
永恒永远存在于一瞬

爱如是

秋　分

傍晚像一种恒久的失去
灰暗让一切捉摸不定
木槿花枝头的香气
消失得毫无防备

有时，我们的思考抵不上
一阵秋风的涤荡

日落时荻花
过早地奉献了自己
荆棘丛最后的鸟鸣
安抚迟疑的心

我们害怕某些事物的消失就
像害怕一个人过早地离开

时间翻动了一个季节的
美丽，一个下午
停止了很久
你看到树丛中那
消失的到底是什么？

我们被时间遗忘又

被时间敲打

有一小片光明仍装着我们

澄澈干净的心

幸福在一杯茶里传递

多么幸福的一天，天空澄澈
短尾雀在山榆树的高枝上啼鸣
我被一种安慰的
思绪温暖环绕着
那是一种幸福，像春天的溪流
在心间流淌

我和父亲坐在温暖的光里
父亲语言缓慢，没有太多的话
作为倾听者，我专注又虔诚
像小时候抬着头只为要父亲抱一抱

一边炉子上煨着水，水壶
咕噜咕噜冒着热气
父亲喝着茶，时间在一杯茶里
传递着幸福
轻轻雾气氤氲着不可多得的相聚时光

院子里的天空瓦蓝，麻雀飞得安然
父亲微闭着双眼
如佛般端坐在我心里

春　分

地米菜开在寂静的塘岸
紫叶李和海棠在
鸟鸣里长出忧郁的花苞
土地开始暄软，每只脚
都给大地踩下深深的脚印
柳枝垂落的鹅黄里，心跳和呼吸
带着毛茸茸的欲望
阳光把光线均匀地分给万物
隐藏给予呈现
如果你提着绿色的裙摆
在地米菜和蔷薇前停下脚步
在盛大的杏花
和赴死的桃花前落下泪水
亲爱的人
请收回你的白天和黑夜
如果你此时弯腰，流水会理解悲伤
如果你此时仰望
空旷的蓝会宽恕泪水

微蓝的夜空

夜空微蓝

在低处

紫叶小檗向虚无里倾斜看不见的波涛

你不能分辨虚空与现实

虚空是一朵花

插在现实的伤痕上……

草原上的乌鸦

在锡林郭勒盟大草原
一大片乌鸦黑压压盘旋在旅游车的上空
望去像一个个小黑点，像神带着风在飞

在草原，乌鸦与木马蓼、
达乌里秦艽花相爱

与牛羊和牧马人相守

一束干花

在时间之外
保持一种神秘
花瓣微紫，弯曲
仿佛向时间证明
一种命运的珍贵

一束干花，一定是
被确认过
才那么甘愿

林间垂下无尽的花香

第一阵香气落下来

你能闻到它沁人的芬芳

一些来自鸟鸣鼎沸的林间

另一些来自灰鸫飞旋的羽毛

它们在黄昏欲落的

暗影里微紫、单纯，在一个人忐忑

怀念的内心

自上而下轻轻地旋转

仿佛初夏的微甜

带着轻微的喜悦带动一种肯定

是否它有甜蜜的

往事让我们耽于其中

是否每一阵摇晃

都带给我们纯棉的回忆？

在高大的树叶间，一束束紫色的

小蝴蝶带着大海的气息不断奔涌

我爱那些不能留住的香气

带着微甜的隐喻，在五月

我爱那一个个消散的黄昏

和永恒的香味儿，在日子的间隙

每一粒香气在时间的维度上

迅速地消散，失去

又在生命里永恒，反复

站在忍冬下

凝望一棵忍冬，仿若凝望
一个深情的出口，仿若
凝望一场空旷的雪，覆盖
时日里的虚空

一个人内心隐藏多少不为人知的秘密
一个人要有多爱是为了等待一场雪

我们像抱紧糖一样抱紧一场雪
抱紧一场雪后的孤独

惊　蛰

重要的，是
黑暗结束了——

腥甜的午后

小虫子掀翻腐叶
从光影里走来

午间读一首诗

新烤的面包被放进
白瓷盆里分成小块儿
潮湿的细雨扑簌簌
打在未竟的花瓣上
用嘴唇摸索一首小诗
仿佛在永恒中亲吻玫瑰
细雨纷乱
仿若爱被提醒
是开始，还是结束？

描　述

当你爬上一个斜坡
坐在一块石头上
眺望蔚蓝曲折的湖面
寒冷提醒你所要的
还不能深入。秃柳斜插进湖面
两岸鸟鸣稀疏
天空空旷的蓝犹如一个人的执迷不悟
在三月，感觉跟什么都那么近
但又摸不到一缕
斜阳还在涂抹黄金
仿佛我对你的描述
在我茫然的眺望中，我看到
一个人一生的虚幻
在淡蓝的烟尘中
充满地平线。

这是最好的三月

这是最好的三月
凭栏而望，烟岚中升起
田野，蜜蜂，和花朵
这是心无旁骛的三月
天蓝得彻底，鸽子飞得无拘无束……

立　春

太阳更加明亮
它穿透薄雾的烟蓝，洒满金盏草柔软的枝条
春天战栗，呼吸着

黑暗的忧郁都散去了，迟疑的往昔的
怀念在一根根金盏草的
细嫩的花枝上开出纤柔的花朵

昨天踏过的枯枝、断草，在今天发芽
梦里梦见的，你温柔的气息，被春天唤醒

今天的喜鹊欢叫着
光线抬高了万物的高度
坐在最好的日子里，浓稠，密集
藤蔓一样伸向高处

夏　至

夏至，读吉尔伯特

心有忧伤

喝绿茶消夏，无声

"那些常被我们忽略的，恰是

我们需要的"

你在微信中留言：

爱情使人厌倦

一切都好

拥抱

然后是几月的空白……

爱上一个时刻

夜色，悱恻，迟疑
像受刑的心

你把台灯拧亮一些
把书页压低一些

空下来的
是我们的热爱之心

在某个时刻
我们愿意
爱上虚无，和虚无里
遗落的灰烬

母亲，我又闻到你

早上明亮的气息，透过窗户
柔软的光线投射进来，拂去尘埃
跟随一小块光的大小
仿佛接受母亲慈爱轻柔的抚摸
母亲在
空蒙渺远的世界

升腾着
明亮，温暖

这样长久，在一个上午
母亲变成了一缕光
一下，一下拍打你

洁白清澈的芬芳，自下而上

哦，母亲，我又闻到你
那深爱
明亮，和绵绵不绝的气息。

和父亲打电话

电话里，我的声音
很大，害怕电话那头的
父亲听不到我
可父亲还是
轻言细语，我们各自听着
对方的声音从电话
那头传来
都觉得刚刚好
从声音里，我辨认父亲
坐着的姿势，欣慰的表情
聊到这几天的恶劣天气
大雨冲垮的老房子
他甚至走到窗前
望了望窗外的乌云。

夏日的紫叶李

在一面倾斜的山坡上
七棵紫叶李枝蔓错离，延展
褐色、红色的叶片舒展着寂静

垂悬的枝条散逸着朴素的光芒
投下的小块阴蔽，仿佛尘世之外
另一个寂静的世界

这小块阴蔽，掠过生命
给予生命清凉的瞬间

让促狭的生活变得缓慢而有意义
仿佛一个人对另一个人伸出的好意

在七棵紫叶李之上，你抬头仰望远天
天空氤氲的湛蓝
仿佛命运倾覆的大海。

我听到鸟鸣来自前方

我听到沸腾的鸟鸣来自前方
在靛蓝的湖水
和灌木丛密集的藤蔓间攀绕
如果不仔细辨听，你不会知道
它来自哪儿。忘我地鸣叫
仿佛生命另一种表达和延伸

这初冬悠长的下午，我坐在山坡的
枯叶上听鸟鸣，鸟鸣拍打我，唤醒我
像治愈剂，推动那些消失重来
唤醒一个人迟钝的心

也许时间带走的
鸟鸣是另一种补偿
也许我们凄然丢掉的
在我们蓦然回头时就在眼前

漫长的下午，鸟鸣最终停止在
忍冬红色的浆果，和我
无以名状的悲伤里

原来孤独就是一声声鸟鸣

在你恍然的生命中不断回旋

像记忆唤醒生命曾有的瞬间。

温暖的照拂

傍晚，湖水安静下来
树林深处，青草沁人的
香气簇拥着滚过斜坡，时间在
另一个维度，制造欣喜

我牵着她的手，像两片荷叶
那么多天，被困在词语里的孩子
第一次走出家门，脚步愉快

在树林深处，创造她的奇迹

密集的树叶掠过她
归鸟向她发出梦的呓语
众多的植物包裹她
向她发散无限的香气

我的孩子画着萤火的曲线
无所畏惧，释放纯真的天性

此时她有蜗牛之慢
也有飞鸟之快

在一群植物中间，我的孩子又

平常如一株植物

被时间，温暖地照拂

我多爱这世间草木

从遍布小叶女贞的斜坡上
走下来
——绵密的阳光跟着我走下来
一起跟着我的，还有枝丫间
紫浆果轻微落地的声息

阳光在我周围打旋儿
多么易碎的阳光啊
把时间分成小块，装着不同的你我
一个人低头走路像祈祷
一个人低头走路带着
青草般恬然的心境

小路右侧碧蓝的湖水多么沉静
灌木丛里起伏的鸟鸣修补着内心的焦虑
一棵棵芦苇荡漾着，迎风飘摆
我多爱这世间草木啊，
它们治愈，善良，神一样充满奇迹
我多爱这沉默明澈的午间时刻啊
万般草木都是我挚爱的亲人
轻轻踏响的每一步
像执拗的藤类，爱上缠绕的每一刻光阴

镜湖中的一只白鹭

正午的光线下，远天挽着
冰蓝的湖面，一只白鹭
不动声色托起
一小段寂静的光影
像抖落在时间上的一片痕迹

冰蓝的湖面，那只白鹭
被我用远镜头捕捉，拉近
落进我倾斜的内心深处
划开一道喜悦的波涛

我屏息凝视，我们都不必
为我们互相的存在
而担忧，我们都是孤独的
在这茫茫的世间
有那么一个片刻，我们互相依存
互为时间的甜霜

我愿意这样待一个下午
我愿固守这样的一天
哪怕一小会儿

不

我愿意为它去失去所有……

恒久的微微绽放

借助于黑暗拥有
一小块儿宁静
一本书在微光里呈现爱的叙述
引人深陷而入迷

芒果的浓香在唇齿间
深深回旋，为此我们感到幸福
而我们，在美好的警惕
开始中得到过什么？

时间埋葬一个结束，而时间在延续
另一个开始。淋雨
做梦

一小屏橘子花似的
湿漉漉情节还活在昨天的叙事里

四月最后的日子像弹跳又恍惚的对白
而没有终结的终将要开始
我们的愉悦源于我们还相爱
而恒久的微微绽放……

消　逝

当光线从窗玻璃涌进来

沾着潮湿的忧郁在空气和手指上燃烧

草叶上的蝴蝶正在扇动一场暴雨

我参与了它的美丽

那斑斓的扇动仿似过去的一瞬

在我们之间

还有那么多的话

没有说，要做的还没做

在雨雾和雨雾织起的

看不见里

我们哑默，囚禁

在夏季一滴一滴的消逝里

当我抱着一盆绿植回家

当我抱着一盆绿植回家
就是抱着素朴的命运
和幸福回家

就是抱着新鲜的泥土
和春天斜坡上稀疏的鸟鸣回家

就是抱着一段
不为人知的秘密
——抱着丰盛的自己回家

一盆绿植将你内心的孤僻
和疼痛平稳托着
把时间定义为芬芳，伴随，和生命的恣意

时间隐藏着
当我打开它的封条
——它摇荡的绿意
反射着光的暖意
安抚着生命深处无尽的渴望。

中元节

在去墓地的路上

沉默接替着悲伤

熟悉的小路推给我们一些回忆

玉米已高过堤坝

雨水丰沛

大豆、花生开始落果

我的母亲躺在地下

早已化为草木

在一朵朵花上

散发幽香

跪在坟前

犹如抱着母亲

田野像绿色的幕布

我的母亲却一声不吭

春天提着它的脚步

站在春天里，罗列着
一种执念
紫穗槐灰褐色垂悬的花穗
仿佛春天不经意的
询问，奇异的
香气从轻拈的指间滑落
一再指引
灌木丛弯曲萌动的花枝，碎地草
轻晃的新意，春天提着它的脚步
急促而至
亲爱的绿鸟，你拖着婉转的音节在
低矮的芦苇塘里啼叫
是庆祝新生吗？你剔除我身体的顽疾
取走低回的潮汐使我
不再忧郁陌生人的睡眠，和他
无辜的辩解
也不再关心雨水不断丰沛，悲伤
一再决堤
春天给了我们无解的部分
在迟疑中仿佛终结，却是开始……

我喜欢这孤独，胜过速朽的爱

露草轻拢花瓣

仿佛爱在假寐

洒水壶的水线顺着我的目光

浇灌每一朵闭合的花朵

每一朵轻颤，气息浓郁

暗含速朽

夜色无用，过于漫长

我喜欢这孤独

胜过速朽的爱

尚未落定的结局

用旧的灰色大衣，紧挨着
鞋架上的旧鞋子
仿佛旧时间积攒的惶恐
在那里流淌
又像那些尚未落定的结局
重新被翻检
旧书搁在桌子下
还停留在翻动的那一页
一个人爱旧物犹如爱
尚未落定的结局
时间，或一个人的褪去仿佛
灰灯光，怎么也不明确
可是，那么需要
亲爱的，我该多么难过
爱在不断下降
一个人曾那样执着地欺骗过自己
以为你存在着
就是全部的需要。

灰喜鹊

先是一只，后来是另一只
滑翔，落定
在低一些的树枝上
它们保持一定的距离，又彼此照见

树枝荒凉交错，啼叫声震荡着空气
填满枝杈之间的空白
仿佛一种启示，抚平内心的慌乱
又仿佛轻轻的交换，不断消除哀伤

这大地的吉祥之物
有自己平和的生存法则
我没有继续向前，只静静谛听
在啼叫浸染万物，没有被打扰以前
平静的暮色被一种喜悦代替
一个人内心的不可名状的悲凉
也被它们的叫声一起带走。

父亲给我举着的一盏灯

断树枝被移进院子
滴着新鲜的断口和木头的芳香
明亮的阳光升腾起新的一天
这些被修剪掉的树枝
将成为父亲一整个春天的炊烟
父亲站在院子里
右手拿着斧子
腰微微弯着，右腿前倾
院子寂静，阳光像洗净的流水
父亲用娴熟的手法
咔咔地劈着木头
整个春天被收纳进来
那一天，院子里
树枝整齐地码成一座小山
父亲举起斧头，山一样
微微前倾的样子
停驻在我眼前
往昔像汹涌的潮水
以致后来，那个上午咔咔的
劈柴声，一直伴随我
笃定，坚强，在生命迷茫的恍然里
仿佛父亲为我举着的一盏灯。

小暑日，去看桐花

寂静推动寂静，在细密的桐花之上。
老桐高高的顶梢
有蜜蜂扇动空气的嗡嗡声
除此之外，还是寂静

亲爱的桐花，我是特意来看你，
和去年一样
知道你的花期正契合整个六月的幸福

当我步行，躲过人流和车辆。
不经意间抬头仰望
细密的桐花，仿佛仰望瞬间的
顿悟，那自然的小小秩序，
转动时间的指针，
盈满爱的无限密码

在你沉醉的间隙
把人间至柔的幸福抛向你……

日　常

从早市回来，带回
田野的气息
春风浩荡，春天的果蔬在
菜篮子里摇曳

野荠菜温良
早首蓿斐然的绿
携带鸟鸣和
昨天的雨滴落下来

当我弯下腰
接受土地的恩赐

接受中年，和褶皱里的
不安
和波澜褪去、日渐贫乏的身体

接收一日三餐，遵从需求

当我坐在餐桌旁
接收一场盛大的宽慰

春天用它撩人的香气

抚慰了你。

晚　春

晚樱已经凋败，抛落微红的
弧线里，仿佛忧伤在慢慢消散
透过薄薄的光线
右边白玉兰疲倦的绿意
枝叶螺旋侧展指向遗忘

又是晚春了
一些开始，也预示着结束
不远处，一只野斑鸠
在草地上移动它肥硕的身体
它咕咕的鸣叫，把你引向
生命的低处

站在一棵槭树下
槭树的香气落满周围
连日的降温，使一些明亮的
事物布满了落寞的暗影

就在刚才，一位诗人的
逝去，让你感到，命运
叵恻难料，每个人都将是一片叶子
随风摇曳，却难以把握方向。

未　及

矮牵牛还在
孤独地开放，小叶玫
未及绽放
就已小心翼翼地凋零
白茶杯溢满昨日的往事
时间还在沉默，人与人隔着海洋
窗玻璃的光影
在墙上慢慢移动
好多天，我一个人陷在木沙发里
一个人将欲伸出的手停在半空
夕阳沉降也只是沉降
我看到的花开
仿佛命运短暂的停驻
我看到的你
在河流永恒的流淌中
从来没有穿越尘世抵达过我

向日葵

这被定义为幸福的花朵，宿命般
辗转在生命深处。那是多年前
在父亲棉田的田垄上，
两棵孱弱的向日葵苗，信仰般
站成倔强的姿势

是飞鸟衔来的种子，还是老农
歇息时遗漏的？它们生长的
渴望增加了棉田的明亮
也成了父亲劳累时仰望的风景。

我多次去过那里，后来它
硕大的花盘太阳般多次照亮我，
几年过去，曾经的两棵向日葵
变成了一片葵花田

葵花一定深藏着巨大的秘密
是在父亲那里才有的明亮
让那些困难的日子因
仰望而变得肯定和幸福

多年以后，父亲也老了
棉田早已消失
而那一大片金黄的向日葵
宿命般辗转在生命深处
不时地转动金黄的花盘，提醒着
人世的幸福
从未消失。

尘世之上

夕阳继续垂向地平线

枯树还没发芽

一点雪还在屋檐下融化

而你想要的

还在一片未知里摇曳

漫长的下午，你在一本书里

扮演不同的角色

穷人和富人分享同一片阳光

我羞于伸出手握住更多的奢望

星辰还在隐藏

大地还没消融

一位拾荒老人

伸出颤巍巍的双手想抓住什么

而我写下的每一个词

都那么空洞

和无力

午　间

午间的阳光

落在玻璃上

仿佛手指琴弦的

细微触碰，发出轻微的脆响

暗处的，兰花的暗影在垂落

暗处的，光缓慢升起

时间仿若虚掷

阳光在每一个停顿的瞬间

时间的小提琴都在奏响

书桌、地板、玫瑰

热烈的被拥紧

机械的被松开

当我轻轻靠近花蔓草，淡蓝色的烟尘

填满它的每一片叶子

每一片叶子

都是一片空旷的大海

丰富，本真

被命运抱紧

又被轻轻推开

母 亲

母亲在灯下缝补衣衫

灯光很暗，她单薄的

影子

在墙上摇晃

这使她显得更加瘦小

冬天的深夜，没有炉火

寒冷让她的手打颤

但这没有什么

慈爱足以化解这一切

母亲低下头一针一线

细密地缝补

那一刻，年轻的母亲多么美丽

穿着灰粗布褂子的母亲

拿着针线一丝不苟的母亲

满目安详的母亲

在今夜的细雨中又

来到我的眼前

我的母亲站在深冬微弱的灯光下

和我交换尘世的温暖

仿佛我们之间

隔着的虚无并不存在

仿佛我叫一声
母亲就会答应

尘世的幸福被稳稳托起

夕阳又在垂落
归鸟在灌木丛里寻求
最后的慰藉
春光细碎，堤岸上金黄的花朵
在弯曲中起伏
你坐在高大的悬铃木下
新鲜的树枝和鸟鸣顺着
你手指的方向向下滴落
湖水含着三只白色的水鸟
湖水漾起它温暖的羽毛
你不用管它
仅凭视觉就能唤起你的感动
万物流动，相拥有时
尘世旋转，一如既往
一位环卫工人骑着环卫车
缓缓从你面前经过
他慈祥的目光
在你深深的不安里
让你感到羞愧
当你扭转头的瞬间
街道整洁

草香袭来

尘世的幸福被稳稳托起

静坐读《瓦尔登湖》

一个上午我在读《瓦尔登湖》
现实和遥远的时空交错出现在眼前
在瓦尔登湖畔
甜美的野果和鲜花令人愉快
而委陵菜、黑莓、金丝桃也
让人充满向往之情
我倚靠的窗口月季和木槿正茂密地盛开
七月，北方雨水稀少
艳阳把光影一次次拉长，万物焦渴
是什么让命运波澜壮阔
而人生充满悲苦的底色？
书桌上摆了一天的书能否让你在
思考中获得安静？游动的小鱼
能否带给你片刻自由？
我站着，遥望着，夏季在你头顶旋转而远去
而瓦尔登湖的秋天也将到来
我们还没有进入夏季，夏季就谢幕了
我们还没有进入雨
雨就消失了。

你希望看到的也是你得到的

一只蝴蝶
在草尖上扇动翅膀想占有整个春天

一对情侣
在假山后拥抱接吻如繁花怒放

一只红嘴鸟
在海棠花枝上飞来飞去
它让一朵花去
触碰另一朵

一个人在树下慌乱地凝望
一个人有用不完的爱

老屋·母亲

我不断地回到那里，我是摸着

哪条小路身不由己地回到那里？

在夹竹桃和蜀葵

开满的院子，沸腾的夏天过后秋天到来

还是以前的老样子

老房子屋檐低矮，老木头陈旧

月亮的光辉从屋顶漏下来

像神的光临，它一次次抚摸

老灶台，老橱柜，破沿的花瓷碗

一次次抚慰日渐苍白的时光

被镀上金晖的老屋像战栗的破船，蛛网摇晃

祖母房梁上悬挂的竹篮

藏着我们小时的渴望

院子里五棵老枣树嶙峋地立着

虫子在墙角低伏鸣叫。那熟悉的闭着眼

就能走回去的路，如今那荒废的旧园在哪里？

我来回走了多少趟？母亲，你回来过吗？

哦，母亲

我看不到你，你总回避

那纠结着泥土味儿的老屋

为什么沿着月光匍匐的墙沿喊你

我却发不出声来？

我踏秋而来，霜迹布满灰鞋

如今我满目疮痍需要你的指认

哦母亲，几十年过去了

你在灯光下缝夹袄的身影还在我心里摇晃

你轻轻咬断缝衣线

冲着我微笑的明亮眼神还那么清晰

哦母亲

我们隔世而望，隔世的鲜花开满田野

隔世的你望着我　佑我

隔世的虚无却让我怎么也摸不到你啊

我的母亲

老屋·父亲

花生在田垄上开出黄花

玉米结出新鲜的籽粒

父亲，你扛着爬犁回家

鞋子上沾满了新鲜的泥土

你的背驮着汗渍，头上顶着星星的光辉

父亲，你用沾满泥土的双手教学生写字

用洪钟似的声音教给他们诚实和坚强

用爱填满每一个学生的心

父亲，你爱我们，黑暗是你的

光明是我们的

我是如何踩着你笃定的脚步走到现在？

用善良的品德和勤勉，用正直

如今你的壮年去了哪里？

此刻我正走在你的路上，满是灰尘

脚下充满歧路

父亲，我爱你

坐在傍晚的窗前

老屋尽是你摇晃的影子

父亲，这虚幻万物充满流动

浅云躲进黛蓝的天空深处

谁也不能阻止逝去

在傍晚，我会想起母亲
父亲，你也老了
你佝偻着身子，在你那里
还有一种缓慢的温暖经常搂住我
父亲挪动他迟缓的脚步
爱我们
这么多年，从未停止。

我的村庄

命运推着我们向前
村庄佑人平安
一代又一代人
不断地走出去，一代又一代人
又不断走回来

河流远逝留下
永恒的悲歌
荒地消失，童年褪去
鸟的鸣叫

鲜花永远开在旷野
葬礼永远定格在那条泥泞的小路

我深情眺望的方向在那里
我永远欢腾的童年在那里

母亲，我想你啊
我也只有穿过这
眼前的虚无才能
与你拥抱。

雨

窗玻璃雨雾上被手指
画出一道道透明的小溪，无知，单纯
每一条都有相似的命运

我希望繁花开时
每一朵都有孤僻之美

野棉花

在青龙峡谷，我遇到了
这样一种野花：似曾相识
又美如初见

它远离尘世
兀自开在高高的崖壁上
风一吹，花瓣就轻轻抖落
落在脸上的
是轻轻的一吻，仿佛一生的幸福在这一瞬实现
落在脚下的，跟随泉水成了永恒
这是我见过的最美的野花

没有约定，却真实地存在
雪白的花瓣紧挨崖壁
微红的叶子轻轻抖动
光影摇曳，仿佛一个人的
另一种光阴，在虚度

它那么洁白，目无一物
就像我们
是否也有一颗拒绝和透明的心不被人看见
在指日的等待中开出洁白的花朵

八泉峡

我们先坐观光游艇穿越一段峡谷
峡谷幽深，两岸山体高耸，巨石林立
置身其中仿佛一片落叶浮动在海上
我们都有一颗因害怕而忐忑的心
船在前进，仿佛时光的流逝不可避免

清冽湛蓝的泉水，激起巨大的水花
像去年看到的大海，却有不一样的感觉

我们照例用相机拍照，留念
也许永恒永远是我们见到的那一刻

我们正经过的那棵羽叶老藤树
它长在陡峭的崖壁间
把长长的藤蔓垂下来，把久远递过来。

崖壁上的野花

最喜欢的，还是那些
崖壁上野花
不招摇，不炫耀
当你久久地凝视，仿佛虚无的一瞬打开
不为人知的世界

在南太行，你专门为花而来
内心的喜悦跟随每一朵野花在
崖壁上奔跑

紫色的荆条花低头沉思
黄色的酢浆草正摇晃着裙摆
你看到另一个高度的美
承接时间的重复
紫色的胡枝子、雪白的野棉花把
人生的裂隙再次缝补

大自然的神刀阔斧让每一座山都灵秀俊逸
人世的欲望被每一朵花再次宽恕

你看那紫色的细叶太行菊和

雪白的长蕊石头花在一阵风的抚慰下
正悄悄打开花蕊把一生中
最美的时刻递到你眼前。

夜色如葱兰

很久没有写一首诗了，凭窗而立
暗夜像遥不可知的命运
在窗口勾勒虚无的线条
那么多虚无的暗影在胡椒树
暗哑的枝条上飘浮沉降
在你凝望的视觉之上制造
甜蜜的陷阱，你在那里驻足徘徊
逃避世间的忧伤
秋天已经到来，树叶像
羽毛一样不停地飘落
昨天会回来吗？
此刻，你不喜欢那些褐色的空虚
那恋人般疼痛的逝去
夜色阒静，像葱兰
左手边靠着我清醒的疲倦
我在白色的纸张上记下这样的时刻：
葱兰安静的香味儿轻抚
每一个活着的瞬间，用以代替
命运中不可弥补的缺憾

小雪日遇到一棵桑树

如今你用什么填充自己？
昔日如谜
在一只银色的杯子里荡漾

如今你用什么填充遗忘
和荒芜

如今我站在你面前
刺山槐已落光了叶子
而你枝叶深绿
仿佛生命的宽恕……

我们在早晨被爱上

在早晨被爱上，如同爱上
一条小路，如同爱上爱本身
在这条小路上，
梧桐等待落雪，结冰的湖
等待盘旋的白鹭，
而我和你等待相认
我反复走在这条小路上，我将成为
小路的一部分，只要我愿意，
它将使我暂离人世而获得
短暂的清寂。小路向前，
碎石和落叶缠绵，蔷薇举着鲜艳
的果子等待飞鸟来啄食
如同一些肯定在高大
水杉上反复涂抹鸟鸣，如同倦怠
朦胧的朝雾褪去疲惫而清晰如初
你知道，在早晨被爱上
并通往它，感悟它，我们的爱
极其短暂而又循环往复，使我
身上的裂隙被猛然打开
那分离出的，我们暂且称它为遗忘。

辑 三

时间恰好的馈赠

冬季的小叶女贞

它和矮松一起，占据一小片山坡
在冬季，大部分时间，叶子松散
在缓慢凋落
仿佛一种无声的语言，在告诫
有时在你脚下，落下黑黑的种子
这宿命的必然，一定是深深爱过
才那么寂静，无所求
而更多的秘密无人知晓
吸引你去靠近
整个冬季，我在心底为它腾出
一块地方
也许在某个光线稀疏的午后
我独自一人，走过这片斜坡
安置我无法言说的焦虑。

二　月

春风料峭，野斑鸠落定在
一根蔷薇花枝上
熹微的鸣叫，起伏，微颤

正午光线散乱的线条沿着
一声声鸣叫
向上滑动喜悦的微粒
寒冷不能阻挡花芽的萌动
光线覆盖像抚慰

有时我们深深地置于语言的裂隙
所有有过的欢乐、焦虑
永远缠绕在里面
每根枝条暗含隐喻的部分
正如我与你相对时
悬而未决的虚空

在未决的鸟鸣里
它一声声唤醒一个人的视觉
在我刚好读完的一首诗里
完成春天的复述。

早　春

云站在远山
飘忽，不可把握
光在花枝上造影
内容虚无，悬而未决
只有春水不空
目之所及
不见倦怠。

时间恰好的馈赠

春日煦暖，一缕缕金色光线
转动时空的密码
仿佛是对昨天消失的启示

倚窗。静谧，听时间逝去的声音
还有那些固守。

听鸟鸣振荡空气
矮侧柏，小幅度波动枝条
春风无限啊

我愿接纳一朵花的忧郁
破碎，和丝线断裂般的疼痛

我愿交出欢乐，悸动
和命运反复的修辞
誓言不再成空

我起身，推窗，挥去这些虚空
窗外，一树白玉兰
推举的每个白色杯盏
都是对时间恰好的馈赠……

桐花落

花瓣卷起，花蕊凸出
一朵一朵的浅黄花朵
把香气垂下
美毫不设防地敞开来

一些香气把你引向高处
它应该特别甜，才引来
蜜蜂的围观
它那么不动声色
才让一个爱花的人
固执地屏息凝视

我惊诧一朵花，独自陨落
仿佛过期的爱情
我惊诧一个人
要有怎样的勇气，才能转身回顾

桐花带着自身的
香气不停陨落
当我不经意地遇见并捧起它
宿命在茫然若失中
有了重新的解释

春天的催促

当我把木桶里的水给了
最后一棵金线菊
斜阳在窗外提醒你一天已经消失过半

当我在镜湖西的
小路上独自摇摆，左脚听从右脚
内心听从一场雨的安慰
紫叶地丁把善意的紫色分享给你

当你听到布谷鸟的鸣叫
仿佛一声紧似一声的催促
无声的忧郁抱住你的双肩
春天真快啊

柳枝的鹅黄顺从风
悬铃木正接受新芽
一片莎草花露出怯弱的浅绿

八　月

时间是递进的，一些事物
留下自己的影子
而另一些在恍惚中消失
时针摆动不能给它以概念
如同不能给爱以长久

一个上午在书写
而一个上午在死亡
流水如斯
山雀躲进密林，花楸
结满黑紫的果子
我们共同热爱着好天气
——阳光，飞鸟，森林深处的小秘密

如同昨天，我们还念着
一片树叶在生长，另一片也在生长

希望我触及的 在我的视觉之内

一个人的
下午，有被表达的欲望
甚至
更长时间的
一个人的
短兵相接，使故事更加神秘莫测（我看到你
诱惑的嘴唇是出于爱本身）
我要给它一个完整的结尾：
"希望我触及的，在我的视觉之内
希望昨日，能配得上明日的忐忑与焦灼。"

向上是幸福

早晨是立体的，美好
湿润
可以更深入

空气弯曲，盐一寸寸伸进纹理
左边细雪如诉，微云如蓝

美好是从你开始的
你知道，画眉草，野蓼花，和
微微推送的波纹

今晨，我的肩膀颤
动了三次
向上是幸福，向下也是幸福。

那春天

一些不动声色，而另一些
轻飘飘的花苞已开始缀满
情欲的小情绪
春天是用来渴望的
它热烈的呈现
仿佛爱情的虚构，所有的描述
都是用来拥有的
花序串起微疼的触感
一滴，一滴
向下滴落
就像一个人在另一个人的
目光里缠绕，一个人啜饮
另一个人，一个人剩下
空荡荡的身体等候另一个人再相认
亲爱的，你是否能接住
命运虚掷的部分
在深爱以后，充满荒凉的深渊？

故乡的土地

在故乡，你仍能感觉到
春天沸腾的土地，河流两岸
芬芳的麦田，轰隆的犁地声
从大地内部传出，你仍能
感到暄软的土地，亲切
如常的气息

从土地上长出的大豆
麦子、玉米，它们开花
结穗，用执着和爱的芳香
使大地不断轮回

八十岁的父亲扛着锄头
清理田间地头的杂草
他弯腰，起身，不断重复的
动作里，除了沉重
还有一生的热爱

我欣慰地感知，大地花朵般
流转不息的芬芳
从来没有停止过

它不断送来微风、果实

和针尖般怀念的隐痛……

明日变得更加清晰

静坐，如夜色，无须解释
如面前的，宽叶兰
不容置疑

"我们都有不能遗忘的昨日
充满今日的宽恕"

星辰明灭仿似一瞬
黑暗落下来，母亲的脸像
书页起伏不定
我坐在爱中间
推窗凝望，明日变得更加清晰

两棵玉兰

再一次，你白色圣洁的焰火
旋转倾覆于
三月的凉风

被确定的再次抵达
你的芳芬，再一次染尽我
孤悬而虚无的手指

这样的午后，唯有你
我倚靠过

我错误、焦虑的
诸多时刻
这凛冽，势不可挡的
悲泣，和破碎

唯有你，伸出侧枝
愿意接住……

亲爱的日子

是晨曦中盛开的
一朵茑萝，它的拘谨，和无助

是光线倦怠
摩挲一首诗凸起的字节
带着它自身的蕴意

是我们诵读
从中获得善良，和春天草木般的恩典

一把木椅，空着
也是足够幸福地空着

是我无所畏惧，拿起我的固执
并抛向你……

风吹过林间

当风从林间吹来，吹过林间的
寂静，吹过

毛栗，野蓟，和紫薇，和鸟的鸣叫
那重构之美，被风缓缓抚平
仿佛一切没有发生

此刻，我们想起一些曾经
——那些喑哑的消逝
不会忘记，那仿若一生的

终极追求，那爱
我们不用怀念，就能想起

万物醒来的早晨

万物醒来的早晨
犹如一种清澈无声的恩赐
和我虔诚的静立，大地以
芬芳的形体让我侧目

苦碟花摇动明黄的花盘向我示意
多么美好的早晨
时间是永恒的，每一片叶子
立体恒定，遵从内心的需要

我躺在枯草坡上，看寂静转动
时间的波纹线，感知命运无常的演绎

多少悲欢交织的过往抚慰苍茫余生
又有多少触目惊心的热情如花朵绽放

我突然爱上这一刻
如同爱上无比冗长的怀念，淡定
和从容
如同忍冬挨过冬日
那喜极而泣的忧伤。

四月的第一首诗

从五楼窗口向外遥望
四月的第一天，鸟鸣花香
新的一天的阳光
牛奶般流动
我种下剪秋萝、紫花地丁
和绣球菊
从此，我不再是一个我
而是很多的我，很多的我
代替我爱着尘世
很多的我代替我
完成朴素而光鲜的一生

小晴天

给绿萝浇水
剪去枯叶
小晴天
光线从东边穿透玻璃射进来
白花花的
一点点欢喜

像得到

午　夜

午夜垂直而陡峭
幸福是另一种接近
而恍然从未抵达
我从我的身体里走出来
给另一个我以安慰？
而纷乱的星光
不能把黑暗加以区分
灯光是摇摆的措辞
假若有寂静
有树叶倾斜的影子
假若有一颗
正在徒劳的心
而想抓住点什么
午夜的一个词
或一句安慰。

十三朵白兰静静开放

窗台上白色兰花
沉静而内敛的盛放让人着迷
它们带着细微恬淡的
香气缓缓沉降
摇晃的橙色颗粒让人

恍然于开始又是结束
我们总是在虚构中感知美好
存储时间的片段，让彼此更接近
我存在于你而不是另外

我喜欢白色的兰花，十三朵一起静静开放
像十三只蜂鸟和我在同一频率静止

翅膀扇动却从未停止。十三个
我们久违的感动周而复始

窗外落花纷乱

你剥时间的手不停抖动
为何它静卧在一朵花上而不肯穿越而来？

路遇一丛紫花地丁

它吸引我，俯下身去
而去接纳。它紫堇色
蝶状的花朵嵌进
那片深绿的山坡
它们一朵一朵在
时光里沉默，微醉
袒露小秘密
有时，面对它，我有片刻的恍惚
知道命运的不被允许
在我
特别的珍视里
也许是一种怀念

第 N 次的雨

在我写诗的间隙
你会停下来吗？
那节奏如一的嘀嗒声，那明亮
之上最后的灰暗

我是你之上的一声嘀嗒
还是落地即碎的死亡？
这缓慢的深入
九月之上纷纷溃逃

在杨树挺立的
树叶上，追随一滴雨，和若干的雨
在天光将亮
万物如谜的凝视里，还是

原来的位置，阳台如怀旧
尘世如刀
我已站立成秋天最后的雨滴

那些看不见的事物

我喜欢深夜里那些看不见的事物
静得像处子，恍惚得像不存在
就像幻觉载着
一种不可知
一只只麋鹿张开慌乱的眼睛
三千只鸽子扑啦啦落在水槽边
我用心跳贴近它，一种
回应顺着脉管流动
这是一种向上托起的力
手触摸不到，耳朵倾听不到
把牙齿放进去，嘴唇放进去
那些可爱的影子
像温软的面包饲养着你
轻得像表白，爱如无心
它向我围拢来
像万物的爱
像神的爱。

我们寂静着

持续的欢乐，就像散落在
谷穗上的阳光
窗外一片寂静
整齐的街道寂静着，我们寂静着
寂静延展着无边的美好
新铺的柏油路
泛着黑漆漆的光泽
落叶，轻响，风的涌动
我们寂静而又爱着

五　月

黑暗让你安全
时间的蜷缩里再也没有一点动静
花落无声，草色简单
浮世像一条绳子一样伸向远方
亲人坐在门槛等你
我不能有丝毫的懈怠啊
妈妈，五月了，我
还在哭泣，我时常想你
妈妈，五月走得太快
我跟不上它了

蓝沁入另一种蓝

这适合假想和爱
我拨弄着空气
看蓝沁入另一种蓝

穿过白蔷薇的风吹进来
这是一种细致的表达
所有的空间逼仄而又空洞
你向我走来

当我擦口红迎接你
你忘了唱赞美诗，当我
摁住翕动的嘴唇，早上的光线
正好移过来
"嘘——"
这透明的点缀让我有点慌张
我不得不承认
光线照过来的时候
你正扶住我的肩膀
拆除我们之间的障碍

一天幸福地到来

楼顶方格子小窗
安静在晨曦里
鸽群缓缓降落，风从东吹到西
白色条形的光线里，鸟鸣是一种
美妙的补充，你的眼睛空洞而美好
我以为的春天来了
我敢直视，它温暖且
不拘谨，像一天幸福地到来
我的瓜叶菊花开满了窗子
一些绛紫
一些天蓝。

在后岩寺

桃花是安静的
云彩和鸟鸣
是安静的，它把
云彩和鸟鸣揣在身体里
把花瓣
一朵一朵展开
偶尔有风吹进来
它不动声色
我也是安静的
一生一朵
一朵一瓣

上午在镜湖西路

寂静过后还是寂静
斜坡上的小叶女贞，
秋天翩跹的蝴蝶，神秘
像往常一样降临的
每一个上午
在此刻展开的无意识里
浓丽，升腾

衰微的荷塘褪去浮华，蔷薇的
凝重之感让时间变得低沉缓慢

茫茫阳光簌簌落下
我有战栗
在微蓝之上滑行
短暂的幸福如此般，让消失的
得以重构

旋覆花，麦冬草，桔梗花
你的每一次甜美的仰头
都在我视觉的天平之上微微翘立

我们被安排，也安排时间

坐在同一个窗口，
被时间安排，也安排时间

感受时间给予的不同景色之间的转换
感受时间旋转带来的
小幅度暖流

又春天，
我们谦卑地顺从时间
热爱晚樱，
聆听芦苇咔咔生长，和鸟儿的欢叫
时间在我们身子里
走来走去，我们拒绝衰老

我们被安排，抵抗命运
我们忘记时间，并遗忘它

你把花开在眼前

黄昏如细纱
透过薄雾般的玻璃，
我看到上午，和下午

我看到，晚樱开了一些
落了一些

一天如同衰老

如同透明的空气，恍然微小地战栗
如同，掀掉的指甲，含住的痛

光影在花木间移动，如同你把花开在眼前
把凋败赠予夜色

寂静的雪

雪在窗外落下来
山河寂静
我们的沉默，将进入一场白

雪不会落在高高的秃树枝
矮月季、小杉木
它落在一个人的心底，融成水
又无声地抽离

正如我们的生活，不是寂静的甜蜜
是那悲苦缠绕的无尽的白

我伸出手
感受永恒和消逝。

疼痛的部分

成分：山奈，生川乌，生草乌，白芷，苍术，当归……
药效：镇痛消炎
禁忌：1. 孕妇禁用；2. 开放性伤口忌用

当我读到这里，我的手微微战栗
多么符合我
此时我精神萎靡
厌食
膝部疼痛
想喊
我不是孕妇
没有开放性伤口
只是旧病复发
只是
我们活着，我们不得不接受。

七月的雨

我听从雨滴的召唤，聆听雨滴
从天空旋转，坠落，仿佛
昨天的约定在今早实现。巨大的
沙沙的响声敲打树叶，青灰瓦顶
和灰石板路
在黑暗中我摩挲它优美的响声
聆听一两声凌厉的鸟鸣
在周围模糊的黑色中品尝沮丧的心
黎明还没有完全醒来，在清醒的意识深处
有无数饱满的路途在眼前跳跃
那是昨天的逝去在细雨里闪现
那是我们的喜欢在雨水里呈现
我遥望窗外渐亮的晨光，我站起来走向阳台
树叶在欢快地吮吸雨水
一阵风移动雨水的芬芳，一个个透明的
小水滴摘去昨天的阴郁
一种措手不及情爱般的抚慰包围全身
亲爱的，我们都有这样的时刻
被哀伤击中，又被喜悦填充
我们无比哀伤离散，悲痛渐远的背影
又在片刻的欢愉中祈祷永恒

我们孤独的影子像雨水里的一片栾树叶

无助飘着

我们伸出手去摘取，而距离让你破碎。

一大片野豌豆花

这令人迷醉的午后，浅草间
一大片野豌豆花，虚构般
流动交织着淡蓝的光芒
像遗忘，被重新唤醒

它们此起彼伏
一些消失，一些又涌起
在新的瞬息里，彼此推动
抚慰
仿佛，我是那流动交织
光芒中的最后的一缕

春天紧密求索
湖水交换着奇异的色彩
生命更加深奥而眩晕

一大片野豌豆花
流动着一种永恒的淡蓝光芒
在珍贵的生命深处，如母亲般
交织萦绕着
永远为生命保留一个柔软的出口

湖水伸过来，把它送到我眼前

在镜湖，又见那只白鹭。
多么亲切的一瞬
它盘旋，静落。
在消失的时间背后重现

洁白的翅翼那么轻
迎着光，像救赎

光爱着它
那么绝对，又松软。
我也爱着它，那么绝对

这个芬芳奔涌的下午
你知道我的内心多么忐忑
爱着一只远远的白鹭，和
一段神秘的光阴

天空倾倒着蔚蓝
为了爱它，湖水伸过来
把它送到我眼前。

我们因无知，而更趋于靠近

镜湖堤岸的斜坡上
野蔷薇粉白的花朵瀑布般倾泻
柔软的藤蔓
缠绕着细碎的芬芳
夹杂小叶乔木的清凉
一阵阵袭来
让你忍不住驻足，静立

五月深邃，鸟鸣在
隐秘的枝叶间探寻
我追随波涛般迷人的花香
一边走，一边沉醉
多么迷人的五月，旧事物在生长
热爱使生命有了支撑

那些缠绕交织的藤蔓
一些向我伸过来，擦拭我
蒙尘的心

一些伸进湖水
打破湖水的镜子

使我如此相信，这破碎，和不完整
能够盛放我的倦怠和不安

我多爱这软绵悠长的下午
一阵一阵沁凉的馨香
带走生命无限的忧郁
我们因无知，而更趋于靠近。

在林间

有时深入林间
被一种莫名的情绪所吸引
所有的花朵都被
命运青睐，所有向上的叶片
都被无限赞美

悲伤被交织芜杂的
香气代替。思想在
波涛中起伏。
我靠着一棵槐树站立
我仿佛看到光阴的细节
不停翻转
所有幸福不期而至

我就这样微闭着眼睛
思想空无，倾听时间在叶片上旋转
未来是什么，又在哪里？
那悬而未决的痴心
正向花而立，而内心溃败的灰烬
正获得无限柔软的弧度。

像叶片，回到缓慢的中心

我喜欢灯光下的植物变得缓慢而寂静
就像爱和遗忘回到寂静中心

凝滞而细微的光线勾勒
每一片叶子，每一片叶子轮廓清晰，
虔诚自信。每一片叶子
都回到自身的中心

如果你凝视每一朵
花，每一朵花都选择寂静地低垂。

灌木丛散发淡蓝的幽光
小路伸向黑暗的尽头。有轻微的潮汐
催动初夏的波纹。

我也变得缓慢，寂静正
在剥离身体残余的虚空
一个人正回到自身中去
像叶片，回到缓慢的中心。

时间带着它流逝的伤痕

而蔷薇送来更多的香气，苦碟花
纤弱的细茎从昨夜细密的梦中醒来
湿润的鸟鸣再次从灌木丛里升起。

我站在布满细密松针的斜坡之上
一只松果滚下斜坡，那么轻
带着时间流逝的痕迹，而更多的
松果滚落下来，仿佛某种启示

多么寂静啊，我站在斜坡上
凝神，静听，时间流逝的
伤痕从我身体轰然而去。

只有植物没有伤害
充满善意的提醒。只有植物
让你敞开自己
抚慰你苦难的内心，母亲般柔软
让你此刻满怀感恩。

我们坐下来，谈一谈好天气吧

我坐在书桌的一角
空气没有需要
像旧时光的书签
所有的回声和爱都在流动

你爱草木，和细碎的白
爱时光没有染尘的手指
初秋像一次成熟的落地，滴出声来

我们折返进时光
栾树，泡桐
你温软的双臂拥着风

秋阳抚摸我们的鬓角，白色的羽毛
落进眼睑
时光就白了

我们坐下来
谈一谈好天气吧

白茉莉花瓣上的影子

空的夜色，空的杯子
一个影子
伏在白茉莉花瓣上
一个影子
他是隐形的，他不肯出来见我

他退回黑夜的一部分
那个影子，是他吗
他坐在泛黄的旧日历上
拨弄我生锈
的绣花针

我的视线已经老了
我已看不清你，我的孩子
你匆忙走过我，又
释放我。

相望不相见

黑夜如深渊，
而星辰隐秘，

这时，你在一本
书中读到
"我似乎就要触摸到那种美了。"
是的
就要触摸到了

有一种美只能在书中浩荡

绣球花开败了

旧人相望不相见。

晚　樱

坐在窗口，像静止
或更长时间的
沉默，
时间在堆积，又在虚构

淡蓝色天空绵延灰白的
云朵，春天美如斯啊，一只鸟在
啄食晚樱
另一只在注视

我们如此爱着时间
也爱晚樱
每一个花蕾都使我们获得平静的光芒

楼下那片白花

在两座楼之间
有一片白色的野蓼花，
像流动的牛奶，甜蜜而纯净
阳光好的时候
空气透明
阳光的金线在花叶上跳跃
时光是向上的
我要告诉你，我看到这美好的一切
就像时光悲悯的出口

抒　情

浮动的空气像羽毛，一些
轻物质在上升，一种
从未有过的感知在
荡漾

镜湖东路
黄昏把寂静一点点展开，需求
朝着相同的方向飞行

此时
抓住一些轻微的快感
用整个过程
一首诗的结尾往往没有结尾
只有爱

我们总是爱得不够，需要再用力些

很多次，想把这种情景写出来
很多次，我坐在你里面，
是爱的一部分
外面细雨纷飞，叶子飞来飞去
我在窗前，写一首不完整的诗，
一天没有事情发生，而悲伤是道裂隙
而一首诗的结尾
白色羽毛笔旋转写下：
"我们总是爱得不够，需要再用力些"

晚间时刻

它静止在我的视野之内，就那样
大概一米远的地方。
就是我经常给你说的
小朵吊兰。它在静默在灯光里，
有近乎完美的表达，
光线在它周围纺纱
我相信事物之间的关联性。
并给它以赞美
我在它左边，我望着它，我的眼睛经常充满蓝色
有时会抛出蓝色雨雾，感受彼此轻微的战栗
有时我会慢慢消失，在眼睛看不到的地方
我们给彼此留下，看不到的痕迹。
有时我们进入彼此身体里，找水喝
我们彼此找到安慰并脱离而去
但更多时候，你在你的里面
我在我的里面，我们不能合二为一
我们将各自走在各自的道路上，
获得人世的平常，平常的意义

立冬后是小雪

云朵低敛，雨滴冰凉
秋天的坏手指开始破坏秩序的蓝湖水
这是一种存在而周而复始的美学
永恒是永恒短暂的迂回
所有充满温情的事物变得颓靡而没有温度
而当你哭泣
只有哭泣不需要练习。
在雨滴上，她用眼睛呼吸并试图留住
瞬息的银色翻卷的光芒
并借助爱的旋转而获得爱
如窸窣的抚摸在皮肤上制造芒草的惶恐
似有一种轻微的抵达如此刻一样
像虚无的静画
一种时刻
她是画中的自己
而充满湛蓝的虚无。

十一月就要结束

这被牛奶洗浴过的早晨呈现细纱的白色
多么善良的早晨，人们幸福
红太阳远远升起，三只灰雀站在电线上
而秋天的松针正悄然落下，细密光线微微战栗
还能有什么比得到
更让人获得永恒的快乐？
新的一天
我无法描述我的心情，就像想起
我们相爱
在一起。

永　恒

"我想再次充满渴望。"
亲爱的阿塔利
你用影子呼吸，用裸露的美抵制时间的损毁。

时间之上，任何不能愈合的伤口都
可以重塑

你的锁骨微微倾斜，胸部装满泉水
亲爱的阿塔利

你摇晃的虚幻之美
就像蓝色的记忆，缓慢升起

琥　珀

我的思想不会动了，它被凝固在一个盒子里
一个黛色透明的琥珀，装满安静
我需要新的感知和一小块糖
产生新的触痛
早晨起来我的眼睛会痛
任何高处和低处，都不能安放
你那里也不能
我的思想像发木的木头不能开花
我躺在不安的向日葵上，
在秋日
我闭上眼，眼前是一个长长的深渊。

生　活

当我褪去生活的

蓝布衣

浑身赤裸

像个婴儿

我的每一处都是干净的

小肚子光滑明亮

乳房浑圆

生活

再也没有多余

的皱痕

杯子里盛满铁

安静下来
读书
把自己放在沙发里
安静地喝一杯红茶，和外界失去联系

一盆绿萝，就能养出
一大片好时光
我仰望，天空湛蓝
长尾雀翻飞

好日子是一片叶子展开另一片
我提起左脚，爱情的
杯子里盛满铁

疼
往往是一个人的事情
与外人无关

那片湖

它
站在那里
像往事

像悲伤
在那里

一条鱼，或一群鱼
一片流云，和一根根
空洞的
芦苇
像
挣脱
像
留白
像
守候
像
最美的词在做
祈祷

秋天的槭树
叶子凋下
最后汁液，在那里

触摸或思考
匆忙轮换的光影里，日升和日落

丝绸一样光滑平静的水面，两只
灰野鸭慢慢划过
像继续爱着，没有战争的
往事

如今，春天又一次来到这里
看起来，它又有
无限的美好。

坦普拉河的绝望

迎着扑簌簌
的白雪，就像迎着
坦普拉河的
绝望。
这绝望
从北到南，从东到西
找不到一个落脚点。

那　蓝

那蓝
它不是一个人的
飞鸟和深海鱼，一只白鹳，或一片贝壳
它不能阻止
浑圆的落日跌向海的那边，更不能阻止
倾斜的海水灌满渴望
定海岛，我想看到一场
或短或长的远行
你高举落日和荒凉，高举
无边的风声
在等

请给她热情的蓝，定海
那么新鲜
请给她眺望的蓝

故园回信

第一封

L
故居废园的石苔
想必没过膝盖了，L，此刻，你坐在园中
那些蹿着海水味儿的
落叶被风抛起，又落在你脚下
就像巨大的潮汐推送
无尽的哀伤，十年
没有什么特殊的
深渊似的故园和若有若无的记忆
湿滑青苔的井壁
缀满合欢的沁香
萤火的日子照亮山谷
也一次次照亮回去的路

L，石楠睡在你脚下
而一些凋败的花草——就像
死亡和重生
而那些心疼，会放进安静的因子

隔着泥土的香气

不会靠近也不再远离

我在重温远方来信

故园，落叶

"那像树叶般的潮汐，潮汐般的言语的风。"

记忆在空气中发酵成无数的光圈

盛夏潮湿的气味儿犹如当年厚重的别离

第二封

L

一切变得简单，盛夏的风吹过河岸

细沙的暮晚

——吹过沙沙树叶的凝望

我在午后带着青梅的忧伤

读你的来信

而你

站在村庄的田野里，脚上沾着青草的香气

空旷的田野卷席无边的虚无

再没有多余的风景了

故园，守望

淡紫的丁香醒着，灯芯草站成

你需要的样子

故园　发黄的信笺

当大地合上花香

你的秋天站成了我夏天的忧伤！

第三封

L

昨晚刚下过暴雨

潮湿的空气裹杂着蝉鸣

梧桐阔大的叶子伸进窗内

这唾手可得的一抹阴凉

我以为那是故园

高于夏天。茉莉花的香气充斥在房间里

风把云层抬得很高

风穿过结苔的小径，拂去满落的灰尘

和落叶，我在读第三封信

花园里不再有紫藤花、香兰花

童年的欢笑是一根长绿的藤蔓，二十年

从这一角走到那一角，雨声和落泪

此时

七月愈来愈深

槐花铺雪，静安路槐花落满了一地。

第四封

L

今日大暑呢，很多躲藏的事物被雨水翻新出来
黑皮的树干凝结潮湿气息，小虫彻夜叫着
洗亮的树叶夹杂从前故园的景象。L，雨滴
打湿了心底的落寞，
也打湿了落叶堆积的寒冷，像一首未完的诗
我坐在窗前，兰白色黏稠的花朵递来芬芳
唯有香气才让人记起，故园

朽烂的木枢，几点白花。我停下脚步
看你手指带香，走过阴暗的街巷
你脚步踯躅，浅蓝的 T 恤掩饰
未知的迷茫。

第五封

L

盛夏过成一种需要
我喜欢它湿热的感觉，就像多年相见的诚恳
阳光隐藏在蝴蝶透明的翅膀里
花楸树美好的叶片缀满午后的光影
安静的街道，静安路牵手的地方

一如往年有你的样子
城市上空的云朵缠绕在头顶

我望着你城市的方向，喧嚣已经结束
年轻的影子彳亍在故园的小径
自行车的轻响，门前的风铃
醒来的世界高于感知
我们各自安静于世界的一角
世界不知道
只有我们知道
只有文字的感应知道。